勇敢的公主

管家琪◎文　陳維霖◎圖

在閱讀中培養智慧與能力

推薦序／許建崑（東海大學中文系教授）

管家琪多情又善感，她以陪伴孩子成長的經歷，寫活了童話與生活故事。等孩子長大了，她寫一系列少女小說，大受歡迎；後來又轉型改寫古今名著、歷史小說、成語故事和作文指導等書。能以淺顯易懂又具有現代語感的文字與讀者對談，是她的擅長，因為她懂得讀者內心的渴盼。

新近，她有個寫作計畫，要以一組低、中年級的小朋友，輪流擔任故事主角，在平凡易處的家庭與校園生活中，去思考人際互動關係，培養解決問題的能力，來豐富小讀者的生活經驗與處世智慧。這套書預計出版十冊，每本都隱藏一個「美德」的議題，也包含了「應變」的能力。

首波出版三冊。第一冊《膽子訓練營》，寫新來的同學丹禎幻想有個「隱形朋友」，同學們既害怕又想目睹。班長巧慧如何揭開謎團？陳老師又如何理解事情原委？第二冊《勇敢的公主》，班上同學參與話劇比賽的選題、分配角色，遇到劇目與他班相同時，如何解決問題？如何順利演出？「同心合作」是成功之途，遇上突發狀況，還得以「機智」與「理性」去排解。第三冊寫繽繽的《粉紅色的小鐵馬》，日有所思，夜有所夢，繽繽如何克服困難，騎上自己的腳踏車？抒情又幻夢的筆法，體諒孩子的畏怯，也大大鼓舞了孩子的信心。

最值得注意的，故事中班導陳老師陪伴這群孩子生活學習，有耐心，有智慧，也給了自己思考與成長的空間。這是管家琪的深思熟慮吧！她改寫傳統而萬能的老師形象，也提供了教學現場一個省思的機會！

自序／管家琪

合作之美

為什麼懂得「合作」會是一種重要的美德呢？因為從善於與人合作之中，我們可以看見一個人性格中很多美好的品質。

比方說，他一定是一個懂得尊重別人的人。如果只是把「尊重」掛在嘴巴上，那是人人都會說了，可是要把「尊重」落實到行動中，就不是每一個人都能做到了。人有千百種，在面對同一種問題的時候，由於成長背景、性格、習慣、立場等等諸多因素的不同，自然就會有不同的想法。很多事情其實無所謂對錯，能夠尊重別人，不把自己的個人喜好和意志強加於別人，這才是一種尊重，而能夠尊重別人的人，就不會要別人什麼都非得聽自己的不可，在這樣的情況之下，才可能與別人合作。

善於與人合作的人一定是一個謙和的人，不會處處搶風頭，更不會搶功。事實上，人類是群體的動物，只有懂得合作，在群體之中才會有更好的發展。

目錄

目錄

話劇比賽

一大清早，陳老師是被媽媽給喊醒的。

「噯，快起來啦！上班快要遲到了！」

陳老師模模糊糊的醒來，看了一眼床頭櫃上的鬧鐘。是不早了。

她坐起來，伸了一個大懶腰，「我還在做夢呢。」

「幸好你的學生沒看到，真是的，都這麼大的人了，都當老師了，早上居然還要媽媽叫。」

其實也不是天天都要媽媽叫啦，只是有的時候陳老師如果睡得太晚，第二天早上就容易起不來。

陳老師又打了一個大呵欠，嘻皮笑臉的說：「我在媽媽的心目中永遠都是一個小孩子嘛。」

「好，小孩子就要聽話，趕快起來，吃了早飯再去上班。」

陳老師有時一急，沒吃早飯就匆匆忙忙的出門，媽媽對於這一點向來是最有意見的了，媽媽總是很不滿的說怎麼可能會急到沒時間吃早餐，早餐那麼重要，只要早起個五

分鐘就行了。

陳老師的動作很快，不久就坐到了餐桌邊，開始大口大口的咬包子。

媽媽說：「吃慢一點，小心噎著。對了，舅舅、舅媽說過一陣子要過來，到時候你可要去機場接一下。」

「什麼時候啊？」陳老師一邊呼嚕呼嚕很不秀氣的喝稀飯，一邊語音模糊的問。

「好像是下下禮拜天，差不多就是半個月以後。」

陳老師看看月曆，「我盡量吧，那天我們有話劇比賽。」

「好，反正到時候如果你不能去，我就去。你們班要演什麼？」

「不知道。」陳老師已經火速吃完了，開始拿著紙巾拭一下嘴角。

「你是班導，怎麼會不知道？」

「既然是學生的話劇比賽，就應該讓他們自己去動腦筋、自己去商量啊。」說著，陳老師站起來，「我走啦。」

媽媽跟到玄關，還在念叨，「你還是要關心一下啦，以前我們很多人都是替學生寫好劇本，然後帶著他們排戲，要不然你要是等小孩子他們自己去弄，肯定是亂七八糟，還不一定弄得好——」

「好啦，知道了，我走啦。」

說完，陳老師就一溜煙的走了。留下媽媽，自顧自的抱怨道：「唉，小孩子永遠都不肯聽大人的話！」

陳老師的媽媽就是小學老師退休的，但是每當她想要把這麼多年的教學經驗傳授給女兒，女兒總是沒什麼興趣，這可真是讓她鬱悶不已。

演什麼好呢？

陳老師在去學校的路上想著：「對喔，再過半個月就要話劇比賽了，不知道他們現在排得怎麼樣了？」

最近，除了上班、備課，陳老師還得花很多時間精力寫報告，再加上她一開始就跟小朋友們說，希望大家藉著這次的機會好好培養一下團隊合作的精神，所以，不管要演什麼故事、以及要怎麼演，她都沒有意見，完全由同學們自己作主，自由發揮。

等到了學校以後，陳老師就把班長劉巧慧叫過來，詢問話劇比賽的準備進度。

沒想到，巧慧的報告真是讓陳老師大吃一驚。

「什麼？你們還沒決定好要演什麼？」陳老師非常驚訝。

「是啊，因為男生跟女生的意見很不一樣……」

巧慧說，最近他們幾乎每天的午休時間都在開會，但是男生想要演的故事女生總是說很無聊，而女生想要演的故事男生也總是說沒意思，所以就這麼一直討論來討論去的，討論了好久，就是一直沒有辦法定案。

陳老師急了，「可是時間只剩下兩個禮拜了，如果到現在連要演什麼故事都還沒有決定，這怎麼來得及啊！」

陳老師本來還想說：「你這個班長到底是怎麼當的啊！」

幸好，陳老師把這句話及時給嚥了回去。

巧慧顯得很無奈，「可是，老師，你不是說要大家一起來做、一起來參與，不要只是我們幾個班幹部在忙嗎？那大家的意見老是這麼不一樣，該怎麼辦啊？」

「那就要少數服從多數啊，要不然永遠也討論不出一個結果來。」

接著，陳老師又指點了一番，再三強調一定要加快腳步。

稍後，來到教師辦公室，陳老師一邊整理東西，一邊詢問附近幾個同樣是四年級的班導，想了解大家現在的進度如何。

結果，不問還好，一問之下，陳老師赫然發現原來自己班上的進度真的是超慢的！

好幾個老師一聽說陳老師班上居然到現在連要演什麼故事都不知道，都很意外，連連說：「這怎麼來得及，我們班早就開始在排戲啦！」

「可是——可是——」陳老師結結巴巴的說：「小孩子光是討論就要花很多時間啊——」

「你真的讓小孩子自己去弄啊？你怎麼這麼天真啊，當然要幫他們弄啊！」老師們紛紛這麼說。

陳老師想起其實媽媽也早就這麼說過，一時之間真是無語。

陳老師心想，孩子們的活動不是本來就應該讓孩子們自己去弄嗎？

正這麼想著，資深的馬老師說：「你想想啊，現在有好多作業其實也不可能是出給小朋友一個人的啊，那些作業如果家長不幫忙，小朋友哪裡完成得了？就是這麼回事啦！」

是嗎？陳老師愣了半晌，開口問道：「可不可以請教一下，你們班要演什麼？」

老師們都很熱心的紛紛說了，聽起來都是一些很有意思也很有吸引力的故事。

馬老師還打趣的提醒道：「你們班可不要重複了喔。」

陳老師心想，這倒是，不要重複了。

想著想著，陳老師很快又擔心起來，這麼多好故事都已經被人家演掉了，不知道我們班會決定要演什麼故事？……

緊接著，陳老師又盤算著，只要今天趕快定案，然後趕快弄好腳本，趕快開始排，應該還來得及吧！

終於決定了

這天，午休時間，巧慧又把同學們集中在一起，跟大家宣布：「現在，時間不多了，我們今天一定要討論出一個結果來！今天一定要決定我們到底要演什麼？」

有一個女生說：「反正不要演那些打來打去、拯救地球的故事。」

有一個男生則是說：「也不要演那些王子公主愛來愛去的故事，太幼稚了。」

巧慧說：「不見得王子公主的故事就很幼稚或者就要愛來愛去呀！這樣吧，等一下我們來表決。不過，首先大家都先說說看想要演什麼樣的故事？」

同學們都熱烈發言。

不過，最主要的還是兩個意見——

「要好玩的故事！」

「要好笑的故事！」

此外，還是有很多女生仍然堅持「要演王子公主的故事」，原因

是，那樣的故事，打扮起來一定比較好看。

巧慧把這些原則統統都先寫在黑板上，然後又問：「那有什麼故事是符合這些原則的呢？」

同學們都認真的想著。

過了一會兒，開始有一些故事的名稱從同學們的嘴巴裡蹦出來。

巧慧又一一寫在黑板上。

白雪公主與七個小矮人

金鵝

阿里巴巴與四十大盜

一下打死七個

不萊梅鎮的旅行音樂家

「還有沒有？」巧慧問，並且再三鼓勵道：「大家再想一想！」

不久，面對黑板上所寫的幾個故事篇名，巧慧說：「我們現在開始來投票，請大家想一想，每一個人只能投一票。」

投票結果是這樣的：

白雪公主與七個小矮人　19票

金鵝　21票

一下打死七個　16票

阿里巴巴與四十大盜　20票

不萊梅鎮的旅行音樂家　10票

這樣的結果，一看就知道很不對勁。

巧慧說：「我們班沒這麼多人啊，票數不對呀！一定有很多人都投了不只一票！」

李家富一聽，立刻主動舉手招供，「是我啦，我投了兩票，我沒聽到說每個人都只能投一票啊！」

還有好多同學居然是投了兩票甚至三票！

巧慧說：「你們剛才都在講話，當然都沒聽到我說每個人都只能投一票了，我說了好幾次！那這樣不算，我們要重新再投一次。記住喔，這次每個人都只能投一票！」

一天打死七隻

這一次的投票結果，有兩個故事獲得了同樣的票數，那就是《金鵝》和《阿里巴巴與四十大盜》。

巧慧心想，這怎麼辦啊？難道又沒辦法討論出一個結果？

幸好，繽繽及時大聲說：「巧慧，你還沒投啊，你自己應該也有一票啊！」

「對呀，我也有一票！」巧慧很高興，沒有考慮太久馬上就在《金鵝》旁邊再加上一票！

「耶！」——這是女生的聲音。

當然，伴隨著「耶」，還有男生此起彼落的「啊」！

巧慧心想，《阿里巴巴與四十大盜》太暴力了，只有男生才會喜歡這個故事！

看來一切都很順利。

巧慧說：「好，現在我們要來選演出的同學，大家先提名，然後還是一樣，用投票來解決。」

繽繽問：「能不能選你？」

「我？不行，不能選我，」巧慧說：「老師說我要負責協調。」

就這樣，經過不斷的投票，當午休結束的時候，巧慧高高興興的跑去向陳老師報告，「老師，你跟我說的那個投票辦法真好用，我們決定要演《金鵝》了，而且，演出的同學也都決定了，都是大家投票決定的，李樂淘演那個小傻瓜，李家富演那個送他金鵝的神仙，張子陽演牧師，林齊繽演公主──」

「等一下，」陳老師忍不住打斷道：「你說的《金鵝》，是不是就是那個有一個人抱著一隻金鵝，然後一大堆人一個接一個黏在他後面的故事？」

「是啊。」巧慧忽然隱隱的感覺到有些不妙。

果然，陳老師說：「怎麼辦？馬老師班上也要演這個故事，而且他們已經開始在排練了！」

抉擇

下午，陳老師用了一些上課的時間，親自向全班小朋友說明了一下目前的情況；由於四年二班也要演《金鵝》這個故事，而且早就已經開始在排練了，所以，現在大家不妨考慮一下，還要演《金鵝》嗎？

班長巧慧舉手問道：「有沒有規定說不能演同樣的故事呢？」

儘管此刻陳老師想起早上才剛剛有同事提醒過不要演重

複的故事，但是她很快的回想了一下——對呀，確實是沒有什麼規定說不可以演同樣的故事啊，於是，陳老師還是照實回答：「這倒沒有。」

巧慧說：「那我覺得我們就還是按照投票結果來演〈金鵝〉吧。」

巧慧是覺得，之前大家七嘴八舌討論了半天都遲遲沒有一個結果，而今天經過不斷的討論，和投票好不容易才得出的結果，一下子就這樣放棄，她覺得實在是好不甘心。

再說，《金鵝》這個故事確實很有趣，想像中演出效果一定會很好的。

可是，李樂淘、李家富、張子揚等幾個男生都不贊成，都一個勁兒的乘機嚷嚷著：「不要啦，還是改演《阿里巴巴與四十大盜》好了啦！」

女生呢，則依然紛紛表示反對，「不要，不要阿里巴巴！」

一切好像又回到原點了，大家又嘰嘰喳喳的說個沒完，這樣下去顯然很難會有什麼結論。

在一片鬧哄哄之中，陳老師想到巧慧剛才的問題，突然愈想愈覺得這其實也不失為一個方向。

陳老師趕緊要大家安靜下來，然後問道：「或者大家覺得可以就像班長說的這樣，乾脆我們還是演《金鵝》？——我們還是用投票決定吧！」

投票結果，多數同學都支持巧慧的建議，那就是不管隔壁班是不是已經在開始排練《金鵝》，他們還是照樣要演《金鵝》！

陳老師說：「好，那就這樣。其實，想想也是，同樣的故事，但只要是不同的安排，效果本來就是不一樣的——」

陳老師想到根據英國作家珍・奧斯汀的小說《傲慢與偏見》改編搬上銀幕的電影，她也看過好幾個不同的版本，感覺都不一樣。

想到這裡，陳老師就更覺得就算是兩個班都演《金鵝》，應該也沒什麼關係吧。

「希望大家共同合作，好好表現！」陳老師用力給全班小朋友打氣。

陳老師本來還想說：「何況我們班的『小傻瓜』和『小公主』一定比較可愛。」

不過，話到嘴邊，陳老師還是憋住了；她倒不是擔心演「小傻瓜」的李樂淘和演「小公主」的林齊繽聽了會驕傲，而是擔心萬一這個話被小朋友無心的傳出去了以後，會傷到隔壁班演「小傻瓜」和「小公主」的小朋友。

接下來，巧慧和鍾雨晴兩個人要負責處理腳本。兩人約好，今天晚上先各自回去研究一下《金鵝》這個故事，明天再來討論。

童話之夜

繽繽放學回家，高高興興的告訴奶奶，「話劇比賽我要演公主耶！」

這時，正在繽繽家看卡通片的小芳鄰森森回過頭來，看著繽繽，真心的說：「姊姊，你本來就像小公主呀！」

「真的？」繽繽很開心，「謝謝啊，來，請你吃冰淇淋！」

晚上，當繽繽一聽到爸爸媽媽上樓的聲音，馬上就衝過去幫忙開門，而且，門一拉開就急著宣布：「我要演公主啦。」

「哦，很棒呀，」爸爸說：「你本來就是小公主呀，是我們家的小公主。」

「你說的跟森森說的差不多耶！」繽繽笑得眼睛都瞇成一條線了，顯然很滿意。

媽媽則是問：「是哪一個故事裡的公主。」

「《金鵝》。」

「《金鵝》？是那個摸了一下就會被黏住的故事？」

「是啊。」

「可是，這個故事裡的公主根本沒什麼戲呀！應該是在結尾才會出現吧？」

繽繽一聽，這才想起——對呀，在《金鵝》這個故事裡，公主好像是沒什麼表現的。

媽媽還說：「我記得這是一個不會笑、還是不肯笑的公主，那你不能再老是笑得這麼厲害，要趕快練習面無表情。」

繽繽趕緊去書架把《格林童話》找出來。她記得《金鵝》是《格林童話》裡的故事。

等到繽繽把《金鵝》從頭到尾仔細又讀了一遍以後——

「怎麼樣？這是一個怎樣的公主？」爸爸關心的問。

爸爸對童話故事不大熟悉。

繽繽放下書，有些難掩失望，「這個公主真的是到最後才出現，她好像很不重要。」

「會嗎？」爸爸把書拿過來，迅速讀了一遍，然後說：「不會呀！我覺得這個公主很重要啊！你看，那些人黏在小傻瓜的後面好像就是為了要逗公主一笑的啊！而且——」

爸爸摟摟繽繽，「話劇比賽每一個人都很重要，包括幕後人員都很重要啊。」

「好吧。」繽繽把《格林童話》闔上，重新放回到書架上。

其實，大家都讀過《金鵝》，不過，這天晚上，四年一班的小朋友很多人都不約而同的把這個故事又仔細溫習了一遍。

在溫習過後，大家的心得都不太一樣。

演「小傻瓜」的李樂淘心想，還好還好，雖然我演的是「小傻瓜」，可是應該不會有什麼太滑稽、太過分的動作，要不然我的犧牲可就太大了。

演「神仙」的李家富心想，很好很好，神仙這個角色真不錯，到後來還可以大模大樣的大吃大喝呢。

（在故事中，後來當國王想要反悔，不想把女兒嫁給小傻瓜的時候，曾經告訴過小傻瓜說如果想要自己兌現承諾，就必須帶一個「能喝完一整窖葡萄酒的人」來見他，後來這樣還不夠，又說要帶一個「能吃完像一座山那麼多麵包的人」過來。李家富心想，到時候他想要求把「葡萄酒」換成是「可樂」，把「麵包」換成是「巧克力餅乾」。）

演「牧師」的是張子陽，看完之後就開始琢磨著不知道會是誰來演客棧老闆的三個女兒？他希望裡頭沒有那個成天跟自己吵架的林小萱！

（在故事裡，小傻瓜抱著金鵝去投宿，到了半夜，老闆的三個女兒陸續來到他的房間，都想要從金鵝身上拔下一根金光閃閃的羽毛，結果都是手一碰到金鵝或是碰到前面的人就被牢牢的黏住，怎麼甩也甩不開，到了第二天，小傻瓜也不管他們，抱起金鵝就上路，三個女孩就歪歪倒倒的跟在後面，然後，一個牧師看到她們，覺得很不像話，便伸手去拉最後一個女孩，想要把她拉開，沒想到牧師的手才剛剛一碰到女孩，就馬上也被黏住了。）

而負責要寫腳本的巧慧和雨晴，在這天晚上，更是來來回回把這個故事仔細讀了好幾遍……

同心協力

第二天，當巧慧發現大家在前一天晚上都把《金鵝》這個故事看得很熟以後，非常高興，因為，這樣討論起來一定就會更容易進入狀況啦。

「我們還需要很多道具，」巧慧說：「先從那隻金鵝開始。有沒有人家裡有金色或是黃色的絨毛玩具，是鵝的樣子？」

譚興文說：「我們家有鴨子，是我表妹的，我可以跟她借。」

李樂淘說：「鴨子我也有啊，我還有唐老鴨呢。」

巧慧說：「可是我們這個故事是〈金鵝〉，又不是〈金鴨〉，鴨子不行吧！」

譚興文說：「要不然我把我妹妹那隻鴨子打扮成一隻鵝怎麼樣？」

「可以嗎？」巧慧有點懷疑。

「可以啦，沒問題的。」手工向來不錯的譚興文一副很有把握的樣子。

於是，大家就決定「道具小組」由譚興文來負責，也就是由譚興文來負責找他的組員。

接下來，是「音效小組」，大家一致通過由黃靜敏來負責。黃靜敏是班上的「流行音樂百科全書」，幾乎什麼曲子她都知道。

工作分配得很順利。然而，後來在巧慧和雨晴兩個人單獨討論劇本的時候，麻煩卻開始出現了。

雨晴堅持應該要按照本來的故事慢慢交代，巧慧卻覺得每一班演出的時間只有二十分鐘，如果按照書上所寫的故事慢慢演，根本不可能，不如把前面省略，然後從小傻瓜抱著金鵝往王宮出發以後開始演，那些因為黏住金鵝而一個一個被迫跟在小傻瓜後面的人是多麼的可笑。

（在故事中，第一個被金鵝黏住的是客棧老闆的大女兒，後來二女兒過來想拉姊姊，結果一碰到大姊就被黏住，接著是小女兒過來想拉兩個姊姊，結果一碰到二姊也被黏住。第二天小傻瓜出發以後，牧師想來拉三個女孩，沒想到一碰到最小的那個女孩，他也走不了了……就這麼一個黏住一個，十分滑稽可笑。）

巧慧說：「這些才是重點嘛！」

兩個人僵持不下，就在這時，隔壁班的宋小銘剛巧過來找李樂淘，巧慧乾脆就問宋小銘：「你們班的故事是怎麼演的？」

當宋小銘得知四年一班也要演〈金鵝〉的時候，非常驚訝！

道具風波

這天晚上，四年一班很多小朋友都很忙。

譬如，譚興文一直哄著小表妹，想借小表妹芳芳每天晚上都要抱著睡覺的那隻胖嘟嘟的鴨子玩具。

姨媽家最近在整修，要在這裡借住至少三、四個月，現在剛剛過去半個月。這半個月以來，譚興文真是過足了小哥哥的癮；小女孩都是很崇拜哥哥的，芳芳還在念幼兒園小班，自然是很崇拜小表哥了，對於小表哥所說的話向來是言聽計從。

不過，這回當得知小表哥要把自己的寶貝鴨鴨借去演戲，芳芳有些不大情願。

「會不會弄壞啊？」芳芳很擔心。

「不會啦，這種玩具怎麼會弄壞，不過，可能會弄髒。」

「啊，弄髒我也不要啊！」

「好啦好啦，我來想個辦法——」說著，譚興文從媽媽的衣櫃裡找出一條花色絲巾，然後把鴨子玩具的腦袋包住了一大半。

譚興文一邊弄，一邊自言自語，「嗯，也好，只要把這張大嘴巴遮住一大半，看起來就會比較像鵝了——」

「什麼？」芳芳大為意外，「你要我的鴨鴨去演鵝？天鵝？」

「故事裡沒說是天鵝，只說是一隻鵝，我覺得應該就像是在地上走的那種鵝。」

芳芳年紀雖然小，但是對於什麼是鴨子、什麼是鵝，還是分得清楚的，因此，非常疑惑的問：「鴨子怎麼可能來演鵝啊，一點也不像！」

「怎麼會不像？我看還滿像的嘛，至少比米老鼠和老鼠要像多了。」

「什麼？什麼米老鼠跟老鼠？」芳芳沒聽懂。

「米老鼠是老鼠啊，它那個樣子都可以說自己是老鼠，把這隻鴨打扮一下為什麼不能說是鵝？」

「什麼？」芳芳非常震驚，「米老鼠是老鼠？」

譚興文真是哭笑不得，「你真是廢話耶，它本來就是老鼠啊，要不然為什麼要叫做『米老鼠』啊！」

（這倒是真的，「米老鼠」這個名字是翻譯過來的，英文原名叫做「Mickey Mouse」，「Mickey」是名字，翻譯成「米奇」，「Mouse」就是「老鼠」，所以應該是「一隻叫做米奇的老鼠」，翻譯成中文就叫做「米老鼠」了。）

可是，在芳芳的概念中，她一直以為「米老鼠」是一種特別的動物，怎麼可能會跟那種髒兮兮、又恐怖兮兮的老鼠沾上一點關係啊！

「哇！米老鼠是老鼠！」芳芳大叫。

接下來，為了哄住芳芳，譚興文可真是手忙腳亂，忙死了！

Mick
Mickey
Mickey
Mickey
Micke
Mickey
Mick
Mickey
Micke
Mickey
Mickey
Micke

金鵝
四年級

馬老師的氣憤

當四年二班的班導馬老師知道這個消息以後，除了驚訝，還有些不大高興。

馬老師不客氣的對陳老師說：「不是早就告訴過你，不要演重複的故事嗎？你這是故意的嗎？」

「當然不是！」陳老師急忙解釋，「是孩子們自己開會決定的——」

馬老師說：「你們是不是想反正是按照班級順序一班一

班的演，所以，你們先演，當然無所謂，可是如果我們班緊接著就演同樣的故事那不就慘了嗎？這對我們班很不公平啊！」

陳老師愣住了，是啊，她怎麼沒想過這樣的情況呢？

「做人不能太自私吧！」馬老師似乎愈講愈生氣。

陳老師拚命解釋：「對不起，對不起！是我太欠考慮了！可是我們真的沒有那個意思……」

無論陳老師怎麼解釋，馬老師看起來好像還是很不能接受。

陳老師沒辦法，只得說：「我這就去跟班上的小朋友說，我們另外換一個故事，請您不要生氣！」

說完，陳老師就匆匆忙忙的跑到班上。

可是，她還沒來得及開口，小朋友就已經紛紛擁上來，興高采烈、嘰嘰喳喳的搶著跟她說一大堆籌備工作進行的情況。譚興文說那隻金鵝差不多已經打扮好了；黃靜敏說她已經一口氣列了十幾首曲子的名字，都是活潑輕快的風格，只要等到腳本確定了就可以立刻開始做搭配；巧慧和雨晴也都說劇本剛剛寫好大綱，正想請陳老師看看。

說著，巧慧就把一個本子交給陳老師。

陳老師接過來翻了一下，有些不敢置信，「你們的動作──怎麼這麼快啊！」

「是啊，」巧慧笑咪咪的說：「老師你昨天不是叫我們要加快腳步的嗎？」

雨晴說：「我昨天在班長家一起寫到十點，後來是我爸爸來接我回家的。」

看到圍在自己身邊這麼多張熱切的小臉，陳老師實在是說不出口要小朋友們放棄《金鵝》這個故事。

怎麼辦呢？陳老師急得要命——

突然，她有了一個點子。

「你們等我一下，」陳老師急急的說：「我現在有一點事，必須趕快去處理一下！」

出場序

陳老師又趕回到教師辦公室。一踏進辦公室，也不知道是不是自己過於敏感，陳老師感覺到好像有好多同事都朝自己投來不太以為然的眼神。

陳老師猜想，大概是很多老師都知道自己班上要搶在馬老師四年二班的前面演出《金鵝》吧。這麼一想，陳老師的心裡就有些難過。

她硬著頭皮走到馬老師的辦公桌前。馬老師顯然早就看到她了，但此刻卻似乎是故意裝作沒注意到，仍然照樣在改他的作業。

陳老師態度懇切的說：「馬老師，請您不要生氣，我有一個提議——」

馬老師放下筆，並且摘下了老花眼鏡，抬起頭來，表示「正在聆聽」。

陳老師趕緊在心裡再次告訴自己一定要鎮定，然後慢慢說：「我想，話劇比賽那天，請您的班上先演出，我們班再接著演出好不好？我剛才去班上看了一下，小朋友的動作都很快，才一個晚上居然就已經做了不少工作，看他們這麼起勁，我實在是說不出口叫他們全部推倒重新再來——」

馬老師還是一聲不吭。

陳老師只好繼續說：「可是，要演出同樣的故事確實是不妥，何況你們班又是早就先決定好的，如果我們班先演，對你們班確實是很不公平，所以我想，只要你們班先演，對你們班就會好得多，而我再跟班上小朋友解釋，說因為我們是昨天才決定要演《金鵝》，當然應該排在你們

班後面再演，這樣的解釋，既不會抹煞小朋友的心意和心血，我相信小朋友一定也能夠接受——」

陳老師一口氣說了一大堆，現在，能說的都說了，可是馬老師的臉上仍然是那一副不冷不熱的樣子，陳老師的心裡實在是好著急。

終於，馬老師端起茶杯，慢騰騰的喝了一口。

「你說完了嗎？」馬老師問。

「說完了。」陳老師的心裡相當不安，看起來就像一個做錯了事的小朋友。

「我剛剛也想過這個問題了，」馬老師說：「我覺得如果非要你們班放棄演《金鵝》，好像也沒有什麼道理，畢竟本來就沒規定不可以演同樣的故事，而且我也不想顯得好像是我以資格老來壓你——」

「馬老師，請您千萬不要這麼說，是我不好！」

「你聽我說，我想過了，不如我們用抽籤來決定吧！」

「抽籤？」

「是啊，我覺得抽籤最公平。雖然話劇比賽本來只是好玩，再加上希望能夠讓孩子們練習該怎麼樣團隊合作。不過，如果能夠盡可能照顧到孩子們的情緒，讓孩子們在一種公平的氛圍下進行這個活動，這也是好事啊，也等於是我們六個班共同把話劇比賽這個活動做最好的呈現，是不是？」

這時，其他幾個班的老師聽到了馬老師所說的話，也紛紛湊過來表示意見。大家都覺得馬老師說得很有道理，覺得以往按班級順序上臺的慣例，確實是不大理想。

不久，六個班導很快就達成了協議，那就是——從今年開始，話劇比賽要改變做法，出場序不再像往年那樣按班級順序來決定了，而是要由抽籤結果來決定。

至於每一班是由誰來代表抽籤，大家也都很快就有了共識。

大家一致決議，由每班的班長來代表抽籤！

臨時變招

陳老師不是沒有想過在宣布關於話劇比賽最新發展之前，先跟全班小朋友做一點精神講話。比方說，如果抽籤結果對班上不利，要大家放寬心，至少不要怪罪負責抽籤的班長巧慧，而如果抽籤結果對班上有利，大家也同樣要看淡一點，要想到隔壁班小朋友的反應，千萬不要得意忘形……

到底該怎麼說才好呢？……

同時，陳老師也不太拿得準小朋友對此到底會抱持著什麼樣的反應，也許他們會覺得抽籤就抽籤，沒什麼大不了，如果自己先說了那麼一大堆，不管抽籤結果如何，會不會反而對孩子們產生一種心理暗示，讓他們對抽籤結果太過在意？……

就在陳老師還在猶豫的時候，巧慧已經被叫去抽籤了。

然後，過了不久——

一看到巧慧哭喪著臉回來，陳老師就已經猜到抽籤的結果了。事實上，很多小朋友也都猜到了。

四年級總共有六個班，他們一班將是第五個出場。而同樣演出《金鵝》的二班則是第四個！剛好就排在他們的前面！

不管是第幾個出場，一班和二班由於同樣都是演出《金鵝》，所以，只要是緊緊挨著對方出場，這都是最糟糕的結果！就算《金鵝》這個故事有多麼的滑稽，或者到時候他們一班的演出是多麼的精采，觀眾既然剛剛才看過同樣的故事，立刻又觀賞另一班同樣的演出，只怕不管怎麼演也笑不出來，還會覺得莫名其妙！

這時，有一個男生突然說：「本來就應該演阿里巴巴，演阿里巴巴就好了！」

不過，此話一出，馬上就遭到很多同學、特別是女生的「圍剿」；原因無他，只要看看巧慧現在這麼自責的樣子，怎麼忍心「哪壺不開提哪壺」，還要說什麼當初選故事的事啊！

巧慧的自責確實是多方面的，不只是感覺自己運氣不好，怎麼偏偏就抽到一個最糟糕的結果，同時還包括她清楚的記得，當陳老師告訴大家二班也是演《金鵝》並且徵

詢大家意見，看看要不要改演別的故事的時候，是自己首先提議照演的，所以，眼看班上現在落入這麼一個既尷尬又不利的處境，巧慧的心裡真的好難過。

陳老師的心裡更自責，她感覺這一切其實都是可以避免的，都是因為自己考慮不周，才會讓事情愈弄愈複雜。

想到這裡，陳老師趕緊先跟全班小朋友說：「不要怪班長，這是全班的事，就算我們現在碰到了難題，我們也要一起想辦法來解決！」

怎麼解決呢？大家七嘴八舌討論了半天，後來，李樂淘的意見獲得了大多數小朋友的支持！就連陳老師也覺得這個意見很棒！

李樂淘說，要再重新決定一個故事實在是太麻煩了，尤其男生和女生的意見總是那麼的不一樣，所以之前他們才會為了到底要演什麼故事花了那麼久的時間啊，所以，李樂淘的建議是——

「乾脆我們來『故事接龍』，演一個《金鵝》的續集好了！」

平時陳老師為了提高小朋友對於語文學習以及作文的興

趣，經常會找時間帶著小朋友玩「故事接龍」，所以一班的小朋友對於「故事接龍」可以說都很拿手。

於是，在全班小朋友一起動腦筋、一起集思廣益的情況之下，一個嶄新的故事很快就誕生了。

這個故事叫做《勇敢的公主》。

陳老師突然覺得，其實這樣也好；像這樣的活動，主要工作本來不可避免一定還是會落在幾個同學的身上，至少撰寫腳本這項重任本來就是由巧慧和雨晴來擔任，但是現在既然是以「故事接龍」的方式，由大家共同創作一個全新的故事，等於是全班小朋友都最大程度的參與了這個活動。

陳老師心想，不管比賽結果最後有沒有得獎，全班小朋友已經用這樣的方式展現了合作的精神，這不是很好嗎？

特別的獎勵

過了一個多禮拜，四年級話劇比賽的日子終於到了。這天，階梯教室裡頭三百個位子座無虛席，坐滿了四年級各班的小朋友、老師，以及小朋友的家長。

階梯教室裡掛滿了彩帶和氣球，就跟過兒童節一樣的熱鬧。

節目一個一個的進行，小朋友在臺上都演得非常賣力，而家長們在臺下也都看得很起勁。

四年二班的《金鵝》，演出非常成功，現場笑聲不斷。

接下來，小司儀報出下一個節目，是四年一班的《勇敢的公主》。

巧慧站了出來，向觀眾鞠了一個躬，然後拿著話筒，開始擔任故事的「主述」（也就是「說故事的人」）。

當小傻瓜和公主結婚以後不久，國王就死了，小傻瓜就當上了國王，可是，他對於當國王一點興趣也沒有，整天就是抱著金鵝去逗弄別人——

當「小傻瓜」李樂淘抱著那隻包著頭巾、長得明明像鴨子一樣的「鵝」一出場，馬上就引起一陣哄堂大笑，然後呢，臺下的觀眾無論是大朋友或是小朋友，都開始竊竊私語起來，都在納悶的想，咦，真奇怪，怎麼也是「金鵝」，怎麼也是一碰到「金鵝」就會被黏住？

很快的，大家都明白過來，哦，原來這是四年一班小朋友共同創作的一個故事呀，是《金鵝》的續集！

於是，大家都饒富興味的往下看……

故事馬上就開始變成是一齣笑鬧劇。（其實，當那隻號稱是「鵝」的動物一出現，似乎就已注定了會是一齣笑鬧劇的走向。）

不過，臺上幾個小演員都還是演得很認真。

有一天，鄰國國王聽說這裡有一隻奇妙的金鵝，就想來搶，而面對鄰國大軍來襲，新國王馬上就嚇跑了，他說：「當國王一點也不好玩，我還是回老家去玩吧！」

新國王開溜以後，群龍無首，這個時候，公主勇敢的站了出來，說要帶領全國老百姓一起奮勇抵抗。

本來，大家都很怕，都想跟著新國王一起開溜，幸好那隻奇妙的金鵝還在公主的手上，於是，公主就不慌不忙的抱著金鵝走出宮殿，用金鵝去把大家一個一個的統統黏住，誰也跑不了！就這樣，很快就有了一支人數龐大的軍隊！……

演到這一幕，當觀眾看到公主抱著金鵝去找老百姓，老百姓想躲又躲不了的時候，都大笑不已，但是，演公主的繽繽以及所有演老百姓的同學們都還是一本正經，不管臺下的觀眾笑得有多麼的厲害，他們一個個都像是專業的演員，仍然可以全神貫注在他們的故事上。

最後，在勇敢的公主的帶領之下，鄰國大軍被打敗了，王國也終於恢復了往日的寧靜。

戲演完了，所有的小演員，以及所有幕後工作人員包括擔任協調以及主述的巧慧，大家手牽著手，一起站在臺前謝幕……

等到所有節目都表演結束以後，就是評分時間。

按照慣例，比賽成績是由現場觀眾所票選出來的，一人一票。

比賽結果，得到第一名的是四年二班的《金鵝》。做為《金鵝》續集的《勇敢的公主》，雖然不在前三名，但是得到了「特別獎」，因為，這個故事或許沒有什麼多大的意思，還有一點兒瞎胡鬧，但只有這個故事是小朋友的集體創作，同時，在演出的時候所獲得的觀眾笑聲也最多！

四年一班的小朋友都非常非常的高興！

這一次的話劇比賽，從大家一起編故事開始，他們已經玩得很開心了，如今還得到了特別獎，怎麼能不更加的開心呢！

而在觀眾席裡，最高興的大概就是繽繽的奶奶和爸爸媽媽了，因為，原本繽繽所演的這個公主，戲分是很少的，沒想到在一波三折之後，這個公主卻反而成了主角，每一幕都有她的身影，這怎麼能不教身為公主家人的他們倍感激動，臺上的繽繽看起來實在是太可愛啦！

國家圖書館出版品預行編目資料

勇敢的公主／管家琪文．陳維霖圖.--初版．--
臺北市：幼獅，2016.08
面；　公分. --（故事館；42）
ISBN 978-986-449-045-5（平裝）

859.6　　　　　　　　105006298

・故事館042・

勇敢的公主

作　　者＝管家琪
繪　　者＝陳維霖
出 版 者＝幼獅文化事業股份有限公司
發 行 人＝李鍾桂
總 經 理＝王華金
總 編 輯＝劉淑華
副總編輯＝林碧琪
主　　編＝林泊瑜
編　　輯＝周雅娣
美術編輯＝李祥銘
總 公 司＝10045臺北市重慶南路1段66-1號3樓
電　　話＝(02)2311-2832
傳　　真＝(02)2311-5368
郵政劃撥＝00033368

門市
・松江展示中心：10422臺北市松江路219號
電話：(02)2502-5858轉734　傳真：(02)2503-6601

印　刷＝祥新印刷股份有限公司
定　價＝260元
港　幣＝87元
初　版＝2016.08
書　號＝984207

幼獅樂讀網
http://www.youth.com.tw
e-mail:customer@youth.com.tw
幼獅購物網
http://shopping.youth.com.tw

行政院新聞局核准登記證局版臺業字第0143號